Die Gestrandeten

Shruti S Agarwal

Ukiyoto Publishing

All global publishing rights are held by

Ukiyoto Publishing

Published in 2023

Content Copyright © Shruti S Agarwal

ISBN 9789358460445

All rights reserved.
No part of this publication may be reproduced, transmitted, or stored in a retrieval system, in any form by any means, electronic, mechanical, photocopying, recording or otherwise, without the prior permission of the publisher.

The moral rights of the author have been asserted.

This is a work of fiction. Names, characters, businesses, places, events, locales, and incidents are either the products of the author's imagination or used in a fictitious manner. Any resemblance to actual persons, living or dead, or actual events is purely coincidental.

This book is sold subject to the condition that it shall not by way of trade or otherwise, be lent, resold, hired out or otherwise circulated, without the publisher's prior consent, in any form of binding or cover other than that in which it is published.

www.ukiyoto.com

Contents

Der Flur	1
Die Fantastischen Vier	5
Das Mädchen mit dem tätowierten Hintern eines Drachen	12
Die Wohnung Nr. 1301	20
Der Abschied	30

Der Flur

12.32 Uhr

„Kein Licht, keine Bewegungen, kein Ding!", sagte der Aufzug, als er den Flur erreichte. Das Licht im Aufzug breitet sich im Flur aus und die Geräusche, die es verursachte, töteten die Dumpfheit auf dem Boden. Abhi kommt aus der Tür und sein Eingang bewohnt den Boden. Als er anfängt, am Ende des Flurs auf seine Wohnung zuzugehen, schließt sich die Aufzugstür automatisch hinter ihm und nimmt das gesamte Licht weg, das im Boden verblieben ist. Und Abhi nahm ihm das Leben, indem er seine Anwesenheit nahm, als er das entfernte Ende des Flurs erreichte, die flache Tür aufschloss und hereinkam. Die Tür wird laut geschlossen wie ein kleiner Knall, der wieder mit Stille endet.

5,32 Uhr

Der Flur bleibt 5 Stunden im gleichen Zustand, danach erscheint am Ende der langsam bläuliche Horizont. Da der Himmel durch das Sonnenlicht vor dem Aufgang sichtbarer wird, hat der Boden 5 andere ähnliche Türen wie Abhi, 5 auf jeder Seite. Die Wohnung Nr. 1305 öffnet sich und ein Paar mittleren Alters kommt passend heraus und nimmt den Aufzug.

2   Die Gestrandeten

5,34 Uhr

2 Minuten später öffnet sich die Wohnung Nr. 1306 und ein 20-jähriges Mädchen geht hinaus, um den Aufzug mit ihren Kopfhörern, Turnschuhen und Shorts zu nehmen. Sie wird von dem Milchmann begrüßt, der aus dem Aufzug kommt und auf ihren Hintern achtet, während sie in den Aufzug geht. Während der Milchmann die Milchpakete an allen 6 Türen fallen lässt, kommt der Zeitungsmann aus dem zweiten Aufzug herein und rutscht in den ordentlich gefalteten Zeitungen durch den Boden von 2 der Wohnungen und geht zusammen mit dem Milchmann im Aufzug zurück.

5,59 Uhr

Nach 25 Minuten ist der Boden vollständig von den aufgehenden Sonnenstrahlen beleuchtet und die Autolärmgeräusche von den Straßen setzen die Hintergrundgeräusche für den Tag. Ein alter Mann kommt aus der Wohnung Nr. 1305 und klopft auf der anderen Seite des Flurs durch die Glocke für seinen alten Kumpel. Die Tür öffnet sich und die beiden alten Männer begrüßen sich lachend und nehmen den Aufzug runter.

6,34 Uhr

Die Wohnungen Nr. 1303 und 1304 öffnen 35 Minuten später mit dem Haufen Kinder, die zum Aufzug rennen. Ihre Väter, die alle für die Arbeit verkleidet sind, kommen nacheinander mit den Kindertaschen aus den Wohnungen, während jedes der Kinder behauptet, er oder sie habe gewonnen. Gleich nachdem sie in den Aufzug gegangen sind. Die Wohnung Nr. 1305 öffnet sich und eine Frau geht mit ihrer Tochter aus der Tür und rennt zum Aufzug. Sie schaut immer wieder auf ihre Armbanduhr, während sie darauf wartet, dass der Aufzug kommt, damit sie ihr Kind zur Schule bringen und dann zur Arbeit gehen kann.

8.33 Uhr

2 Stunden später ist die gesamte Milch an den Türen verschwunden, bis auf eine Tür. Man sieht eine Kehrmaschine, die den Boden reinigt, während zwei 20-jährige Mädchen aus der Wohnung Nr. 1306 kommen und die Kehrmaschine zum Aufzug gehen, um zur Arbeit zu gehen.

10.27 Uhr

Nach 2 Stunden öffnet sich schließlich die Tür in Wohnung Nr. 1301 und Abhi kommt heraus, um die Milch zu nehmen, während er noch schläfrig ist.

10.58 Uhr

30 Minuten später geht Abhi mit seiner Aktentasche aus der Tür und wirft einige Müllsäcke in den Bodenmüll. Er bemerkt, dass sich die Tür der Wohnung Nr. 1303 halb geöffnet hat und davor ein Rangoli-Design. Die Tür schließt sich schnell. Dann nimmt er sein Schritttempo auf und steigt in den Aufzug.

4 Die Gestrandeten

23.58 Uhr

Für die nächsten 13 Stunden bewegten sich erfahrene Bewohner und Lieferjungs im Flur zwischen Aufzug und Türen, spielende Kinder, Wächter auf einer Etage, Sonnenlicht und Geräusche verblassten und geisterhafte Stille und Dunkelheit strömten herein.

12.32 Uhr

3 Jugendliche verlassen den Aufzug, gehen auf Zehenspitzen in Richtung Wohnung 1301 und klingeln 2 Minuten lang häufig an der Tür. Sie schauen sich nach dem Klingeln immer wieder in die Gesichter. Einer von ihnen ruft Abhi am Telefon an, der bei einem Anruf aus der Aufzugstür kommt. Sie umarmen sich und lächeln und gehen durch die Tür.

Die Fantastischen Vier

Ali, Prachi und Uday schaffen etwas Platz, um sich um das Chaos in Abhis Wohnzimmer zu setzen. "Was ist los mit deinen Haaren?" Abhi wird neugierig, nachdem er die "haarigen Spitzen" auf Udays Kopf bemerkt hat, während Ali und Prachi ihn auslachen. "Ich habe den Helm vergessen und der Wind hat unterwegs seine Arbeit gemacht", nickt Abhi auf Udays Antwort und geht in die Küche, um sich zu waschen und Whiskygläser zu holen.

"Whoa! Wow! Woher wusstest du, dass wir 'Old Monk' haben?" Ali fragt Abhi, als er eine Brille bekommt. "Nun, es ist über einen Monat her, dass ihr angefangen habt, hier rumzuhängen. Es ist Samstagabend ... Vielleicht möchten Sie also hier verschwendet werden und abstürzen... und genau wie am letzten Samstag-....... Moment mal, haben Sie "Alter Mönch" gesagt? Wirst du einmal aufhören, College-Kids zu sein? Nein, danke... Ich bleibe bei meinen "Lehrern"."

Abhi holt seinen Scotch aus der Küche und schenkt sein eigenes Glas ein, ohne jemand anderen anzubieten. Ali, Prachi und Uday starren sich an, während Abhi seinen ersten Drink hinuntergeht. "Wow! Das war total knallhart. Du hast nicht einmal darauf gewartet, dass wir "Prost" sagen." Prachi kommentiert Abhi, während Ali beginnt, die drei verbleibenden Gläser mit Rum zu gießen.

"Auf unseren *Guruji* und meinen Manager", stößt Uday auf Abhi an. "Hört, hört!" Jeder erhebt sein Glas und nimmt seinen ersten Drink. Ali sagt: „Ich muss Uday etwas geben. Er hat wirklich ein paar Eier, die er mit seinem Chef zusammen mit seinen besten Freunden trinkt, als wäre das keine große Sache." "Abhi ist vielleicht doppelt so alt wie wir, aber für einen 50-Jährigen ist er ziemlich sportlich ", fügt Prachi hinzu. "Seine 53" Abhi korrigiert Prachi.

"Genau! Das bewundern wir an Ihnen. Du bist ein Außenseiter. Du bist stolz auf dein Alter. Du hast nie geheiratet und es ist dir egal, wie viel Aufhebens die Leute hinter deinem Rücken machen." Sagt Uday. "Was für ein Aufhebens? Was redet?" Fragt Prachi. Uday antwortet mit leichtem Zögern, kommt aber mit Leichtigkeit dazu: „Nun, es gibt viele Kollegen, die sein Engagement für seine Arbeit immer wieder loben. Aber es gibt immer noch einige, die dem vielleicht nicht zustimmen."

"Na und? Die Welt ist voller Mist. Ich wette, nebenan wohnt mindestens einer." Sagt Prachi. Abhi antwortet mit einem Lächeln und sagt: „Arbeit ist alles, was ich habe. Ein alter Mann muss auch überleben." "Wer ist das?" Fragt Uday, während er mit einem Grinsen auf dem Gesicht auf das Fenster auf der anderen Seite des Flurs schaut. Während Ali und Prachi sich ihm anschließen, bewegt sich Abhi nicht ein wenig und antwortet: "Wenn sie diese neue hinterschnittene

Frisur und diesen schwarzen Lippenstift hat, dann vergiss sie."

"Ja, aber warum?" Uday fragt: "Sie ist außerhalb meiner Liga oder so". Abhi erklärt: "Ja, das auch, und ich glaube, dass du sie bei der Arbeit voll engagieren würdest und vielleicht nicht damit einverstanden bist, aber sie hat vier Freunde oder" Fick-Freunde ", wie sie sie nennt." "Oh... Das macht mich stolz... und traurig. Aber woher weißt du das alles... bist du einer ihrer Freunde...?" Fragt Uday.

"War. Sie wohnte hier. Ich hatte meine eigenen Bedürfnisse, sie hatte ihre. Jetzt sind wir nur noch Nachbarn und Freunde. Ich bin froh, dass sie jetzt Spaß hat." Antwortet Abhi. "Wie macht das Spaß? Sinnloser Sex mit mehreren Typen. Eine von ihnen war alt... nichts für ungut Abhi (Abhi lächelt zurück und erhebt sein Glas) .... das ist so billig, was ist mit ihren Eltern, wie lassen die Mitglieder der Gesellschaft sie hier leben. Wer zum Teufel denkt sie, dass sie weiblich Casanova oder Charlie Harpress oder Playgirl ist? Sie sitzt sogar mit offenen Beinen... Was für eine Schlampe!" Ali antwortet.

Abhi unterbricht sich verwundert: „Okay, bevor du anfängst, ihre profanen Namen zu nennen, lass mich dich genau dort aufhalten. Ich dachte, die Millennials wären fortschrittlich genug, um niemanden zu beurteilen, ohne sie überhaupt zu kennen." Uday Sekunden Abhi, "Ja Kumpel... du klingst genau wie diese Internet-Kommentare." "Aber was ist mit den

Jungs, mit denen sie schläft? Wissen sie von ihr?" Fragt Prachi Abhi.

Abhi antwortet: "Ich weiß es nicht, aber wenn sie es tun, bin ich sicher, dass sie auch nur etwas tun werden. Aber ich bin irgendwie überrascht, dass du eine Person wie mich bewunderst, aber du denkst, dass Tammy falsch liegt." Prachi fragt erneut: „Apropos Person wie du, warum bist du so anders?" Oh, kommschon, Prachi, du weißt, dass er diese Frage nie beantwortet. Er weicht ihm immer wieder aus. Wir werden nie herausfinden, warum", antwortet Ali für Abhi, während Abhi auf ein volles Glas Rum geht.

"Hat jemand Lust auf Pizza?" Fragt Abhi, während alle anderen mit Ja antworten. Abhi bestellt 2 große Pizzen auf seinem Handy. "Okay. Kommen wir gleich zur Sache. Hast du es jemals bereut, überhaupt nicht geheiratet zu haben?" Fragt Prachi noch einmal Abhi. Abhi bemerkt die Neugier auf jedermanns Gesicht und antwortet nach einem tiefen Atemzug: „Um ehrlich zu sein, es ist irgendwann scheiße. Aber ich glaube immer noch, dass es sich nicht so sehr geändert hätte, jemanden zu heiraten. Ich meine, wenn du irgendwann nicht vollständig zufrieden sein wirst, warum tust du es dann nicht einfach, indem du dich auf dich selbst konzentrierst?"

Uday unterbricht Abhi: „Aber du stützt das eindeutig auf Scheidungsstatistiken. Aber es gibt immer noch einige Fälle von glücklicher Ehe. Ich meine, ich weiß nicht, ob es auf jeden Fall irgendwo sein würde... Da draußen... Weißt du... Ja... wie unsere Eltern." Prachi und Ali zweiter Uday. Abhi fährt mit einem Grinsen fort: "Ja... das wäre meine Generation... Fahnenträger von Kompromissen, Selbstgerechtigkeit und Traditionen. Vielleicht hat es ihnen nichts ausgemacht, mit mehr Verantwortung belastet zu werden."

Ali sagt: "Aber was hat dich von der Herde abgehoben... Egal, du wirst das sowieso nicht beantworten." Abhi antwortet: "Nun, manchmal gibt es Prioritäten oder den Willen, die Kontrolle über Ihr Leben zu übernehmen, oder Herzschmerz oder sogar das Gefühl, immer unvorbereitet zu sein." "Vage Antwort... aber besser. Zumindest hast du es nicht vollständig ignoriert", antwortet Ali.

"Was ist mit euch beiden Turteltäubchen ... Hast du schon mit deinen Eltern gesprochen?" Fragt Abhi Ali und Prachi. Prachi sagt: „Es ist zu früh, um sich zu entscheiden. Wir sind seit ungefähr einem Jahr zusammen und dieses Ding, unvorbereitet zu sein, ich möchte nicht, dass das noch passiert ", nickt Ali mit einer leichten Enttäuschung und Abhi sagt: „Egal, was in Zukunft passiert, es ist gut, dass du weißt, was du in der Ehe-Sache nicht unscharf bist. Denken Sie bitte auch nicht, nur weil ich mich nicht entschieden habe zu heiraten, bedeutet das nicht, dass es falsch ist. Sonst verlierst du einfach zu viel."

Die Türklingel klingelt. Uday sagt: „Das muss die Pizza sein. Ich werde es bekommen." "Danke Beta. Ich werde meine Pillen nehmen." Abhi antwortet und verlässt den Raum mit anderen, die fassungslos sind und sich voller Ehrfurcht in die Gesichter schauen. Uday sagt: „Was war das!" und öffnet die Tür. Ali bemerkt, dass Tammy aus ihrer Tür kommt, während sie die Tür nimmt. Sie haben einen kurzen Blickkontakt, bevor Tammy mit dem Zusteller in den Aufzug einsteigt und Abhi die Tür schließt.

Uday mit einem erröteten Gesicht sagt: "Sie ist irgendwie heiß!" Prachi sagt: „Du hast Abhi gehört, nicht deinen Typ." "Was weiß er? Vielleicht ist er immer noch unsicher ", sagt Ali. Wenige Stunden später schlafen alle im Wohnzimmer. Uday liegt schnarchend auf dem Sitzsack und das letzte Stück der unfertigen Pizza rutscht langsam von seinen Händen zurück in die Pizzakiste. Ali und Prachi schlafen auf der Couch in einer umarmenden Position. Abhi geht in sein Schlafzimmer, um ein paar Laken zu holen und verteilt sie über Uday, Ali und Prachi. Dann schaut er auf Udays Telefon, das auf dem Boden liegt.

Nach ein paar Stunden öffnet Prachi die Augen und weckt Ali, aber Ali bewegt sich nicht. Sie wacht dann Uday auf und bittet ihn, Ali aufzuwecken, während sie auf die Toilette geht, um zu lecken. Uday schüttelt Alis Körper hart und sagt: „Ali, geht es dir gut? Los geht 's. Du musst Prachi absetzen." Ali macht ein faules Summen und sagt, dass er Kopfschmerzen hat." Wenige Minuten später geht Abhi aus seinem Zimmer und findet Uday und Prachi, die darum kämpfen, Ali von der Couch zu holen.

"Steh bitte auf, Ali." Prachi bittet. Ali antwortet langsam: "Nein... Nein, bitte... ich bin eine horizontale Kreatur. Das ist mein wahres Wesen." "Ich werde ihm ein paar Pillen und Kaffee besorgen. Und vielleicht viel Wasser.", sagt Abhi, geht in die Küche und lässt das alle wissen, während er andere wissen lässt, dass er im Raum ist. Abhi bemerkt Udays Telefon wieder aus dem Küchenfenster und schaut dann Uday an.

Ein paar Minuten später trinken alle leise winzige Schlucke heißen Kaffee von ihren Tassen, während Uday aus der gleichen Witwe wie letzte Nacht zum gleichen Fenster schaut, wo Tammy zu anderen weggeht. Plötzlich meldet er sich zu Wort: "Würdest du dir diesen Arsch ansehen?" Ali sagt "Wo...Wo?" und Abhi sagt "Ich habe es viel geschen. Einer von ihnen hat ein Drachen-Tattoo" und zwinkert. Prachi sagt dann: „Ihr seid krank und offensichtlich verkatert. Wir werden jetzt verdammt nochmal zu Uber gehen."

12 Die Gestrandeten

Das Mädchen mit dem tätowierten Hintern eines Drachen

Als Uday, Prachi und Ali den Aufzug nehmen, um Abhis Wohnung zu verlassen, werden sie von einem großen, muskulösen und bärtigen Kerl begrüßt, der in sein Handy starrt. Sie schließen die Tür hinter ihm, als er in Richtung Wohnung Nr. 1306 geht. Bevor er versucht, an der Tür zu klingeln, bemerkt er, dass Abhi seine Tür schließt, während er einen kurzen Blickkontakt mit ihm herstellt. Der Typ murmelt leise „Hurensohn".

Er klingelt an der Tür und wird von Tammy begrüßt, die alle mit ihrer Handtasche bekleidet ist, um mit ihm auszugehen. Als sie auf den Aufzug zugehen, sagt er: „Also, wann planst du auszuziehen? Ich kann nicht glauben, dass dieser Idiot immer noch hinter deiner Tür ist." Tammy geht weiter, ohne zu reagieren, und steigt in den Aufzug. Der Typ tritt hinter ihr ein und schließt die Tür zum Erdgeschoss.

Da er keine Kameras an der Aufzugdecke findet, versucht er, sie zu küssen, aber Tammy schiebt sein Gesicht mit ihrer Hand zurück und behält dabei ein gerades Gesicht. "Was ist los mit dir? Du bist derjenige, der mir von Abhi erzählt hat, und es ist mir immer noch egal. Komm her." Der Typ sagt es ihr, aber sie bewegt sich nicht. "Hast du ihn letzte Nacht gefickt oder was?" Tammy dreht ihr schlichtes Gesicht zu ihm, nachdem er sie gefragt hat. Sie kommen aus dem Aufzug, nachdem er das Erdgeschoss erreicht hat.

Sie steigen in sein Auto und gehen. Der Typ fährt fort: „Ich habe dir eine Frage gestellt...... ich spreche mit dir.... Hallo.... Tammy..." "Die Schnellstraße... jetzt" Tammy antwortet plötzlich, fängt an, Kaugummi zu kauen und zwinkert. Wenige Minuten später haben sie Sex auf dem Rücksitz, während ihr Auto in einem Wald in der Nähe einer Autobahn geparkt ist. Nach ihren Orgasmen wirft der Typ sein Kondom aus und bemerkt dann das Drachen-Tattoo auf Tammys linker Hinternwange, als sie ihr Höschen hochzieht.

"Ich glaube, dein Arsch ging" Targeryan ", als du mit ihm ausgegangen bist. Er hat einen tollen Tattoo-Geschmack ", sagt er. Tammy erzählt: „Er hat in letzter Zeit auch zu viel gepredigt. Als wäre er die ultimative liberale Vernunftstimme der Weisheit." Sie fangen an zu rauchen und Tammy steigt aus dem Auto. Er fragt: "Du wolltest ihn heiraten, nicht wahr?" Tammy nickt und schaut zur Sonne weg. Die Sonnenstrahlen legten einen hellen Fleck auf ihre Augen, um den Hauch von Tränen zu enthüllen.

Nach einem Moment der Stille startet der Typ sein Auto, wendet sich dir zu, wirft Tammys Handtasche auf den Boden und sagt: "Das ist dafür, dass du meine verdammte Frage immer noch nicht beantwortet hast." Er fährt weg und lässt Tammy fassungslos zurück, die ihren Stiefel auszieht und in seine Richtung wirft, aber sein rasendes Auto nicht erreichen kann. Sie dreht ihn um und nimmt ihre Handtasche in die Hand. Als sie die Straße erreicht, ruft sie an, während sie sich nach einem Lift umsieht.

40 Minuten später, als sie es satt zu haben scheint zu gehen, zieht ein anderer Mann sein Fahrrad in ihre Nähe und sagt: „Batman zur Rettung. Wie zum Teufel bist du hier gelandet?"

"Lange Geschichte... spielt keine Rolle. Gehen wir."

"Aber wo?"

"Wo immer du willst. Überraschen Sie mich."

Er wird verwirrt und nimmt sie schließlich mit in ein Hangout-Pub. "Gut. Ich hatte Angst, du würdest mich nach Hause bringen." Sagt Tammy, als sie in die Kneipe kommt. Der Typ zieht den Stuhl für sie, aber sie springt auf die Couch. "Okay, ich nehme den Stuhl, Mrs. Robinson." Tammy macht ein fragendes Gesicht zu diesem Kommentar. Er sagt: „Oh. Das war eine völlig falsche Referenz. Du bist Jessica Rabbit, die Verführerin. " „Ich weiß nicht, wer sie ist, aber ich nehme sie." Tammy erzählt es ihm mit einem Lächeln, von dem sie merkt, dass es ihr erstes seit Monaten war.

Der Kellner kommt zur Bestellung. Tammy sagt: „Ich nehme 4 Sierra Tequila und einen Brownie mit Eiscreme." "Und ich werde haben, was sie hat." "

Der Kerl ordnet Tammy mit einem koketten Gesicht an. Nachdem der Kellner gegangen ist, beginnt Tammy zu rauchen und einige ihrer Dämpfe treffen auf das Gesicht des Kerls, worauf er mit einem leichten Husten antwortet: "Gib mir etwas davon."

"Es ist nicht für dich."

"Du bist nur 3 Jahre älter als ich, nicht meine Mutter. Jetzt gib es mir. *Onkel ki Tante.*"

Tammy reicht ihm die Zigarette und sagt: "Nenn mich nicht noch einmal so." Der Typ nimmt ein paar Schlucke aus der Zigarette, gibt sie ihr zurück und sagt. "Also gut. Aber warum bist du direkt über Onkels Haus gezogen?" "Ich wollte es ihm ins Gesicht reiben. Ich warte immer noch auf seine ehrliche Reaktion darauf. Es stellt sich heraus, dass es schwieriger ist, als ich dachte. Ich will nicht mehr darüber reden." Antwortet Tammy.

Wenige Minuten später geht der Typ auf die Toilette und Tammy beginnt zu essen, als ihre Bestellung hinter ihm eintrifft. Ein Text von Abhi erscheint auf Tammys Handy, aber sie ignoriert ihn. Der Typ kommt zurück an den Tisch und setzt sich vergleichsweise entspannt hin. "Das ist so viel besser. Dieser Brownie riecht nach Himmel. Wie wäre es, wenn wir heute Abend einen Film machen? Der neue Star Wars-Film wird veröffentlicht." Der Typ fragt sie nach einem Date. Tammy antwortet mit einem Ja, wobei sie ein gerades Gesicht behält.

Der Typ bucht die Tickets für die nächste Show. Als die Getränke eintreffen, gehen beide auf einmal auf alle ihre Schnapsgläser und enden zusammen. "Du bist einfach ein toller Kerl!!" Der Kerl schreit in einem lauteren, aufgeregten Ton. "Ja, ich mache weiter diese so genannten" Kumpel-Dinge "... Dude thiiings... Duuuuude thiiiiings. Ich hasse ihn für dich... das" Als der Typ diese Worte von Tammy hört, merkt er, dass sie bereits betrunken ist.

In der Hoffnung, einige ehrliche Antworten in ihrem Zustand zu finden, fragt er sie: „Glaubst du, das könnte länger dauern, als wir denken? Etwa 4-5 Jahre. Wie ein Leben lang vielleicht. Ich weiß, dass es sich anhören mag, als würde ich hineinstürzen. Aber sollen wir zusammenziehen? Ich liebe es einfach, dieses Gesicht die ganze Zeit zu sehen und dieses Tattoo auch. Ich denke, wir sind ein großartiges Team. Ich meine, wenn du nein sagst, würde ich das verstehen, aber bitte gib mir eine Antwort." Nachdem Tammy während seiner Frage auf den fertigen Teller Brownie geschaut hat, schaut sie ihn an und sagt: „Warum willst du verletzt werden? Von all den Leuten, die ich sehe, bist du wahrscheinlich die süßeste und ich tue dir das nicht an " und fängt an, auf ihr Handy zu schauen, wo sie mehrere ungelesene Nachrichten von Abhi bemerkt.

Ohne ihre genauen Worte zu analysieren, fühlte er sich überwältigend traurig, als sie nein sagte. Schließlich sagt er nach einem kurzen Moment der Stille mit langem Gesicht und gedämpftem Ton: "Ich warte draußen auf dich" und stürmt aus dem Restaurant. Als sie sein aufgebrachtes Auftreten erkennt, ruft sie schnell nach dem Scheck und geht auf die Toilette. Sie schiebt ihren Finger in Richtung Kehle, um sich zu übergeben. Sie erbricht alles im Topf. Dann räumt sie auf und stößt auf Abhis Text:

Hey

Du bist wahrscheinlich nicht hier, aber ich möchte dich für einen Moment sehen

Es gibt etwas, von dem ich möchte, dass du es weißt

Tammy antwortet – ich werde in Kürze da sein

Sie bezahlt die Rechnung auf dem Tisch und kommt heraus, um den Film mit dem Kerl abzusagen. Sie geht zum Parkplatz und findet ihn immer noch sichtlich verärgert. Schweren Herzens sagt sie ihm, dass sie es nicht schaffen könne, da sie etwas Dringendes zu erledigen habe. "Wow. Die Macht ist eindeutig nicht mit mir. Vielleicht ist es dann das nächste Mal. Ich werde bei meinem Cousin nachfragen, ob er frei ist, und ich werde dich zu dir bringen." Der Typ antwortet mit einer reinen Enttäuschung. Tammy sagt: „Ja. Das wäre toll. Vielen Dank."

Auf dem Weg zu Tammys Platz sagte keiner der beiden etwas. Plötzlich hält der Typ an und bittet Tammy, zurückzutreten. Er steht direkt vor ihr und fragt: "Hast du gesagt, dass du mit jemand anderem zusammen bist?"

"Nein? Wann?"

"Es tut dir nicht einmal leid, dass du mich im Film gerettet hast. Du bist nicht in deinem Kopf."

"Mir geht es gut."

"Oh, bist du das? Hast du nicht gesagt, dass ich der süßeste der Leute bin, mit DENEN du in dieser Bar zusammen BIST? Was soll das heißen?"

"Nein. Ich muss gesagt haben – "von allen Leuten, mit denen ich zusammen bin". Nein... ich meine... "Ich HABE MICH VERABREDET"."

"Schwachsinn! Das erklärt, warum du aus dem Nichts ganz allein mitten auf der Autobahn aus der Stadt gelandet bist. Kann auch mein sogenannter "romantischer Rivale" sein, der über dich gefunden wurde."

"Schau, ich denke, du bist eindeutig wegen einer anderen Sache verärgert, aber es hat nichts damit zu tun, dass ich auf dieser Autobahn bin."

"Scheiß auf dich und dein streng vertrauliches Leben für meinen kleinen Freund. Nein... ich meine, FICK DICH."

"Nun, nein, danke. Ich habe heute schon jemanden gefickt."

"Warum gehst du nicht zurück zu deinem Zuhause auf der Hureninsel." Der Typ verlässt das hitzige Gespräch mit Tammy und ihr ganz alleine auf der Straße und rast mit einem Mittelfinger in der Luft auf seinem Fahrrad davon." Tammy dreht ihn zurück und sagt zu sich selbst: "Wenigstens kann ich von hier aus ein Taxi bekommen" und schaut sich nach einem Taxi um.

Die Wohnung Nr. 1301

12. Januar 1994

Ein viel jüngerer Abhi geht um eine halb gebaute flache Fläche eines unterbauten Mehrfamilienhauses herum. Er ist positiv über alles, was er dort fühlte. Der Raum, die Luftbrise, die Wände. Der Makler kommt aus dem inneren Raum und sagt: "Wenn es Ihnen nichts ausmacht, Sir, lassen Sie es mich bitte heute selbst wissen, wenn Sie morgen in meinem Büro eine Vereinbarungsüberprüfung haben möchten."

Abhi sagt: „Betrachte es als erledigt. Ich nehme es."
"Tolle Neuigkeiten. Morgen können Sie die Vereinbarung zur Überprüfung annehmen und bitte den Vorschussbetrag mitbringen. Ich werde dir auch beim Registrierungsprozess helfen. Am Ende des Jahres bekommst du den Schlüssel." Der Makler gratuliert ihm und geht. Abhi öffnet seine Brieftasche und reißt das Mädchenfoto weg, das einige Zeit darin war.

2. Dezember 1994

Abhis Wohnung ist gut eingerichtet und er ist alles drinnen mit seinen Sachen eingerichtet. Er öffnet ein Verzeichnis in der Nähe seines Telefons, um die Telefonnummer seines Kollegen herauszufinden. Seine Türklingel läutet zum ersten Mal und er eilt aufgeregt dorthin. Er öffnet die Tür für einen Haufen

Fremder, die viel älter zu sein scheinen als er. „Hallo! Kann ich Ihnen helfen?" Einer von ihnen antwortet, während andere lächeln: „Wir haben uns gefragt, ob wir Ihnen helfen können. Wir sind deine Nachbarn."

Sie gehen hinein, bevor Abhi reagieren konnte. "Bitte nimm diese Stühle. Ich muss noch ein Sofa-Set und einen Fernseher kaufen." Abhi drückt seine Unfähigkeit aus, Gäste noch zu unterhalten. Einer von ihnen sagt: „Du bist zu jung, um ein Wohnungseigentümer zu sein. Haben deine Eltern dir das gegeben?" Abhi errötet und antwortet: „Meine Eltern waren absolut wütend zu wissen, dass ich mein ganzes Geld für diesen Ort ausgegeben habe. Ich arbeite seit 2 Jahren nach meinem MBA. Also habe ich vorerst keine Ersparnisse mehr übrig."

„MBA! Sehr gut! Was für ein kluger junger Mann! Warum heiratest du jetzt nicht?" Einer von ihnen fragt Abhi, worauf Abhi wütend wird, aber er antwortet ruhig und gelassen: "Nun, meine Eltern wollen das auch, aber das ist nicht genug. Ich glaube nicht an das Konzept der Ehe, weil ich überhaupt nicht bereit bin, aber ich würde mich lieber auf mich selbst konzentrieren, anstatt meine Aufmerksamkeit und meinen Verdienst auf einen Fremden zu richten, den meine Eltern für mich wählen werden. *tiefer Atemzug* Ich werde euch allen Tee machen.

Als Abhi sich der Küche nähert, sagt einer von ihnen: „Mach dir eigentlich keine Sorgen! Wir sind nur für eine kurze Einführung vorbeigekommen." "Aber ich habe keinen deiner Namen kennengelernt."" Fragt

Abhi sie. "Es steht auf unseren Türschildern. Lass uns jetzt gehen ", antwortet ein anderer von ihnen. "Danke, dass Sie in diesem Fall vorbeigekommen sind", antwortet Abhi formell und schließt die Tür sofort, da er keine Antwort von ihnen erhalten hat.

1. Februar 1995

Abhi ruft den Vorsitzenden der Gesellschaft an und sagt: „Was bedeutet diese Mitteilung? Nur weil ich ein Junggeselle bin, nimmst du an, dass der ganze Lärm aus meiner Wohnung kommt... Nein, nein, nein, es gibt keine Möglichkeit, dass laute Geräusche aus meinem Haus kommen...... Nein, ich habe keine Freunde.... Aber weißt du was, ich werde jetzt ein paar Freunde kommen lassen und wir werden hart feiern, dann kannst du sehen, wo genau der Lärm herkommt...... Oh wirklich. Gupta ji von nebenan hat einen Lautsprecher mit ihrem Tonbandgerät. Sie werden am frühen Morgen mit Bhajans und Kirtans verrückt. Ich sehe nie einen Hinweis an ihrer Tür. " Nach einer Erklärung am Telefon legt Abhi auf und ruft seine Kollegen an, um mit Getränken vorbeizukommen.

16. April 1998

"Zum letzten Mal, Mama, bin ich zu jung, um zu heiraten... Ich weiß, ich bin 31..... Zum Teufel mit deiner Gesellschaft, niemand kümmert sich darum." Abhi telefoniert mit seiner Mutter. "Es ist mir egal, ob er nicht mehr mit ihm reden will. Das ist mein Leben und ich möchte alles dafür entscheiden..... Mama, bitte weine nicht, das bedeutet nicht, dass ich dich nicht liebe. Du bist immer noch die wichtigste Person in meinem Leben und ich möchte nicht, dass eine andere Person das ändert... Bitte Mama, versuche zu verstehen -"

"Tut mir leid, dass du dir das anhören musstest." Abhi erzählt es seinen Kollegen, die in völliger Stille und trinkend direkt hinter ihm sitzen. "Oh nein, es ist völlig in Ordnung, Kumpel. Es erinnert mich tatsächlich an die Zeit, als meine Eltern über mich herfielen, aber ich heiratete schließlich. Aber du tust gut, ich meine, in diesem Alter haben wir noch eine Junggesellenhöhle, in der wir alle ohne unsere Frauen feiern können."

Ein anderer Typ, der sichtlich betrunken ist, sagt: "Du solltest in die USA ziehen, Leute wie du sind immer willkommen. Unsere Kultur ist nicht wie sie." "Was soll das bedeuten?" Abhi fragt ihn: „Du solltest aus dem Schrank kommen. Du bist ein Homöopath - " "VERSCHWINDE VERDAMMT NOCHMAL AUS meinem HAUS, du betrunkenes Schwein! Jeder von euch", schreit Abhi und unterbricht ihn, um alle rauszuschmeißen. "Zu deiner Information, ich treffe mich bereits mit jemandem und es ist ein Mädchen." Abhi schließt die Tür hinter allen, als sie schockiert und wütend gehen.

23. März 2003

Ältere Abhi's Unterkunft sieht etwas unordentlicher aus und er sieht sich ein Cricket-Match im Fernsehen an, zusammen mit einem jüngeren Mädchen, das damit beschäftigt ist, Schlangen auf ihrem Handy zu spielen. „Was ist los mit Indien heute? Schauen Sie sich ihre Körpersprache an. Ich denke, es ist repariert. Wer 359 Läufe in einem WM-Finale macht... das ist einfach verrückt." Abhi reagiert auf das Streichholz. Das Mädchen sagt: "Dad sucht auf Shaadi.com nach einem Match für mich" und wartet, bis Abhi antwortet, der immer noch damit beschäftigt ist, Cricket zu schauen. Plötzlich schaltet er den Fernseher stumm und sagt: „Es tut mir leid, was? Hast du Shaadi.com? Was ist das? Sie haben jetzt Heiratsverweigerer im Internet."

"Liebst du mich noch?" Das Mädchen fragt ihn. Abhi sagt: "Ja, das tue ich."

"Warum kannst du dann diese Worte in der Kirche nicht für mich sagen?"

„Warum machst du das heute? Du weißt, was ich von Ehe-Sachen halte."

"Dad sagt, ich kann so nicht mehr leben. Entweder muss ich dich heiraten oder jeden, den er für mich auswählt."

"Und du hast es ihm einfach genommen, Daddys kleines Mädchen?"

"Warum verstehst du das nicht? Seit über einem Jahr lebe ich bei dir. Ich bin 27"

"Und ich bin 36, große Sache mit diesen Zahlen. Das Leben darin ist eine Win-Win-Situation für beide, verstehst du nicht?"

"Wer gewinnt hier? Ich kann für dich nicht mehr auf meine Eltern verzichten." Sie geht ins Schlafzimmer, um ihre Sachen zu packen. "Oh, du machst mit mir Schluss? Großartig, das ist das 9. in den letzten 5 Jahren. Ich bin jetzt fertig. Jetzt sind es nur noch ich und meine Karriere... Oh GOTT, nicht du!" Sie kommt aus dem Schlafzimmer, um zu sehen, ob Abhi wirklich verärgert war. Aber er findet sein eingefrorenes und sprachloses Wicket von Sachin Tendulkar beim Cricket-Match." Abhi sagt in seiner unterdrückten Stimme: „Es ist jetzt vorbei. Ich schaue nie wieder Cricket. Ihr alle habt es für mich ruiniert." Das Mädchen eilt zurück ins Schlafzimmer, um weiterhin enttäuscht zu packen.

21st Dezember 2012

Das gleiche Schlafzimmer ist 9,5 Jahre später zu sehen, wo der viel ältere Abhi mit einem Glas Rotwein in der rechten Hand und einer brennenden Zigarette in der linken Hand herauskommt und der Bohemian Rhapsody von Queen zuhört und mitsingt. Er ist viel dünner und hat ein faltiges Gesicht. Er trägt eine Brille und hat weniger Haare auf dem Kopf, einige von ihnen sind weiß. Er bemerkt seinen Laptop mit einer neuen ungelesenen arbeitsbezogenen Mail und sagt: „Wem mache ich Witze? Ich habe heute genug im Amt gearbeitet. Jetzt verdiene ich eine weitere "Ich" -Zeit. Ich ... ich... nur ich." Er geht zum Spiegel und sein Spiegelbild sagt: "Und ich auch."

In seiner Wohnung klopft es an der Tür. Er öffnet die Tür und findet einen 5-jährigen Jungen, der sagt, dass seine Mutter möchte, dass die Musik etwas leiser wird. Abhis Herz schmilzt beim Hören seiner entzückenden Stimme und er sagt: „Natürlich, du kleines Ding. Alles für unsere idealen Nachbarn und sag deiner Mutter, dass ich froh bin, dass die Welt heute nicht untergegangen ist und dass ich dich immer lieben werde. " Das Kind eilt zurück in seine Wohnung, während Abhi eine Gruppe junger Mädchen bemerkt, die durch die Wohnung ziehen, von denen eine Tammy in einer völlig gewöhnlichen Aufmachung ist.

26. Februar 2015

Tammy kommt vor Abhi und zieht ihre Shorts etwas tiefer, um ein Tattoo auf der linken Hinternwange zu zeigen, und sagt: „Alles Gute zum Geburtstag!" "Das hättest du nicht tun müssen." " Abhi sagt es ihr. Tammy antwortet: „Entspann dich! Ein Mädchen hat es auf mich gemalt. Du hast sowieso keine Zeit für mich, also wird dir zumindest dieses Tattoo jedes Mal, wenn wir Sex haben, klar machen, was du mir bedeutest." Abhi sagt: „Das habe ich nicht so gemeint. Ich bin jetzt alt, nicht altmodisch."

Tammy klettert auf Abhis Schoß und küsst ihn. "Ich weiß, dass du wahrscheinlich nie mich oder irgendjemanden heiraten wirst. Ich weiß nicht einmal, wie lange das zwischen uns dauern wird, aber dieses Tattoo bedeutet mir viel. Ich bin ganz dein und du bist ganz mein. Ich sage nicht, dass du dir auch ein

Tattoo stechen lassen solltest, um etwas zu beweisen, aber ich wollte nur sicherstellen, dass das irgendwo hinführt." Tammys Worte ließen Abhi ohne Worte zurück und er umarmte sie fest.

30. Dezember 2017 (heute)

Ding! Tammy eilt aus dem Aufzug in Richtung Abhis Wohnung und bemerkt, dass seine Tür weit geöffnet ist und ein Paar mittleren Alters sich im Wohnzimmer umschaut. Bevor sie einen Schritt zurücktreten konnte, kommt Abhi aus seinem Schlafzimmer und fragt das Paar: „Wenn es Ihnen nichts ausmacht, lassen Sie es mich bitte heute selbst wissen, wenn Sie morgen eine Vereinbarungsüberprüfung im Büro der Gesellschaft haben möchten. Und ja, der Preis ist immer noch verhandelbar." Das Paar nickt, dankt ihm, dass er herumgekommen ist und geht nach einiger Zeit.

Abhi bemerkt, dass Tammy vor der Haustür auf ihn wartet, während er das Paar sieht. Er bittet sie hereinzukommen: „Wie lange standen Sie da? Du hättest klopfen können? Komm rein." Beide sitzen an den Extremen der Couch. Tammy fragt ihn: „Was ist passiert?" "Ich ziehe zurück zu meiner Mutter. Sie liegt im Sterben. Und ich bin hier ganz fertig." Antwortet Abhi.

Tammy holt tief Luft und sagt: „Bist du sicher? Ich meine, du solltest nach deiner Mutter sehen, aber du willst nur hier fertig sein. Warum?" Abhi antwortet: "Nun, offensichtlich will mich niemand hier haben. Gesellschaftsmenschen nehmen von mir unweigerlich individuelle Beiträge entgegen, laden aber nie zu Meetings oder Veranstaltungen ein. Auch Kollegen sind nicht gerade warmherzige Menschen. Ich habe genug Geld, um für den Rest meines Lebens zu überleben. Keine Freunde, nicht viel Familie, aber ja... das wird reichen.

Tammy sagt: "Nun, wenn du dich dazu entschieden hast, dann gibt es keine Änderung wie gewohnt." Abhi lächelt und sagt: „Ja. Übrigens, wenn Sie eine Laserentfernung auf diesem Tattoo haben möchten, würde ich es gerne sponsern. Ich meine, du hast meinen Namen dort geschrieben, als du hier gelebt hast, und ich fühlte mich zu alt, um etwas auf meinen Körper zu schreiben, und dann, nachdem du ausgezogen bist, hast du deinen als Drachen gezeichnet, um meinen Namen zu verbergen, und irgendwie fühle ich mich dafür verantwortlich."

Tammy antwortet: „Nun, das bist du. Aber ich liebe es. Jetzt noch mehr. Also nein, danke." Abhi sagt: "Treffen Sie einfach gute Entscheidungen und haben Sie Spaß fürs Leben ist zu kurz, um sie mit anderen kleinen Emotionen zu verschwenden. Tamanna ist so ein schöner Name, du solltest die Leute dich nur mit diesem Namen ansprechen lassen. " "Mein Gott... du bist jetzt wirklich ein alter Mann..." Tammy reagiert auf Abhi ".... Von welchen Entscheidungen sprichst du? Sie sind derjenige, der sich engagiert. Ist das nicht deine Definition von idealem Leben?" "Ja. Und ich bin stolz auf dich. Aber ich möchte, dass du auch glücklich bist ", antwortet Abhi.

"Hör auf, wie mein Vater zu reden. Du machst mir Angst. Ruiniere einfach nicht, was zwischen uns übrig ist. Ich habe mich heute zweimal wegen dir getrennt und mir wurde klar, dass ich nur versucht habe, mich an dich zu wenden, weil es mit mir nicht geklappt hat." Tammy erzählt Abhi von ihrem Tag. Abhi sagt: "Es ist in Ordnung, dass ich mich irgendwie schuldig fühle und denke, dass du dich nur wegen mir bestraft hast. Aber ändere nichts, nachdem ich weg bin. Du bist großartig, so wie du bist. Du bist einfach zu emotional an mich gebunden. Versuchen Sie, das mit niemandem noch einmal zu tun, und lassen Sie sich von niemandem verurteilen."

Der Abschied

Am nächsten Tag wacht Prachi am frühen Morgen mit ein paar Nachrichten von Uday auf. Eine davon ist eine Audiodatei. Ali wacht auch mit Udays Nachrichten auf, ignoriert sie aber und schläft wieder ein. Prachi liest die Nachrichten:

Das habe ich erst heute in meiner Pause gefunden.

REC29122017.mp3

Komm hier rüber, sobald du es hörst.

Prachi klickt auf die Nachrichten und hört sie sich an. Es begann mit einer geblähten Stimme, gefolgt von Abhis Stimme:

"Ich denke, es ist jetzt an..... entschuldige, dass du dein Handy ohne deine Erlaubnis ausgeliehen hast. *Schwerer Atem* Ich weiß nicht, ob du es früher oder später auf deinem Handy finden wirst. Aber ich möchte nur, dass Sie wissen, dass ich vor ein paar Tagen zurückgetreten bin und jetzt praktisch im Ruhestand bin. Ich ziehe zurück nach Jaipur. Meine Wohnung ist ab morgen im Angebot und ich möchte nur, dass alles bis zu diesem Jahr geklärt ist.

Ich habe mein Leben zu lange nur für mich und zu meinen eigenen Bedingungen gelebt. Ich schätze, es gibt eine Grenze für alles, sogar für Perfektion. Was als jugendliches Beharren begann, endet nun mit einer

Narbe auf der alten Seele. Alles begann, als ich als Kind feststellte, dass meine Eltern nie wirklich als Team gearbeitet haben. All diese alten Traditionen zwingen meine Mutter, in der Küche zu bleiben, und meinen Vater, all den Stress der Welt auf seine Schultern zu nehmen. Was mich betrifft, möchte ich die ganze Geschichte noch einmal wiederholen.

Ich war ein einzelnes Kind. Wahrscheinlich ist das ein Grund, warum ich nie wirklich irgendwo hingepasst habe. Was die Leute sagen, zurückhaltend zu sein, ist eigentlich, es sich bequem zu machen. Ich lächle allein, ich weine allein und rede manchmal auch mit mir selbst. Meine Mutter wollte immer, dass ich glücklich bin und mein Vater wollte, dass ich mich mit anderen vermische. Ich konnte beide nicht zufriedenstellen. Als ich aufwuchs, stellte ich fest, dass sie viel kämpfen. Jeder behandelt die Beziehung zwischen Ehemann und Ehefrau als Witz.

Wenn sie so unterschiedlich und abstoßend sind, warum wollen wir dann, dass sie für den Rest ihres Lebens zusammenleben? Und diese Worte EHE – VEREINIGUNG – HOCHZEIT – EMPFANG – BRAUT... uh, es hat mich jedes Mal an den Rand gebracht, wenn meine Freundin es erwähnte. Sie hat meine Einstellung zu meiner Ehe 5 Jahre lang "ertragen". Sie widersetzte sich fast dem Gruppenzwang, ihre Wahl des Jungen zu heiraten. Während wir uns noch trafen, wurde sie von einer Kollegin zur Heirat vorgeschlagen.

Nun, jemand wollte sie heiraten, das war Grund genug, mich zu verlassen. Bis heute konnte ich an die Ehe nur Herzschmerz, böse Tradition und kolossale Geldverschwendung denken. "

PIEPSENDE STIMME

"Dein Akku ist jetzt ziemlich schwach. Dann halte ich es besser kurz. Sagen Sie Ali und Prachi einfach, dass sie perfekt füreinander sind und im Gegensatz zu meinen Eltern werden sie ein gutes Team bilden, aber wenn sie den großen Schritt machen, den ich nie gemacht habe, dann nur, wenn Sie vorbereitet sind... Mental und finanziell. Ha ha... schau, wer über die Ehe spricht, richtig? Lass nur nicht deine Eltern oder deine Religion für dich entscheiden. Sie sollten das Sagen haben, denn Sie wären diejenigen, die sich zum Knoten binden würden. Viel Glück... ich lasse es hier..... Wie schaltet es sich aus...? Dieser Hintern... "

Prachi fühlt sich nach dem Hören der kompletten Botschaft überfordert und völlig wach und ruft sofort Ali an. In der Zwischenzeit geht Uday zu einem nahe gelegenen Souvenirladen und stöbert dort herum. Abhi ruft die Packer und Mover am Telefon an und bespricht die Abholzeit. Abhi räumt seinen Schrank aus und packt sie ordentlich in seinen Koffer. Tammy löscht alle verbleibenden Fotos und Texte von Abhi von ihrem Handy und Laptop.

Nach ein paar Stunden kommen die Packer und Umzugsleute und fangen an, Abhis Sachen zu packen. Ali, Uday und Prachi kommen nach 2 Stunden in Abhis Wohnung an und schauen sich das fast leere Haus mit Paarkoffern und Handtaschen an, die alle bereit für die Fahrt sind. Abhi sagt ihnen, sie sollen warten. „Es gibt keinen Ort, an dem sie sich niederlassen können. Ich bringe euch alle in ein Café, damit wir uns unterhalten können, während wir uns irgendwo hinsetzen können. Ich kann im Stehen einfach nicht länger reden." "Ah! Eine Abschiedsrede. Dann los ", antwortet Ali.

Sie steigen alle in Abhis Auto und fahren zum nächsten Starbucks. Auf dem Weg fragt Prachi ihn: „Also hast du einen Käufer gefunden?" "Ja. Es ist verkauft. Ich wollte in einer Stunde gehen. Also hast du diese betrunkene Aufnahme auf Udays Handy gefunden." Antwortet Abhi. "Nun, du nennst es einen Zufall oder Pech, ich bin sauer auf dich, weil du versucht hast, dich rauszuschleichen, ohne es uns zu sagen." Erzählt Uday Abhi. Prachi sagt: "Hallo... die Aufnahme." Uday antwortet: "Ja, aber nur, weil er betrunken war und irgendwo in seinem Herzen wollte er es nicht zu einer großen Sache machen."

Sie kommen bei Starbucks an. Sie bestellen ihren Kaffee und nehmen einen Tisch. Abhi sagt zu Uday: "Ok, lass mich das Eis brechen, indem ich sage, dass ich mein jüngeres Selbst in dir sehe... Du weißt es metaphorisch." Ali und Prachi kichern. „Nebenan wohnt ein junges Mädchen, das perfekt für dich wäre. Immer wenn ich sie ansehe, erinnert sie mich an eine meiner Ex-Freundinnen und schließt dann schnell die Tür." Abhi fährt fort. Uday überreicht ihm ein Geschenk und sagt: „Das ist von uns allen. Vielen

Dank, dass du uns klar gemacht hast, dass jede Entscheidung, die wir treffen, später Konsequenzen haben wird. Daher sollten wir alle vernünftige Entscheidungen treffen. Das ist alles, was ich sagen werde."

„2 Lattes und 2 heiße Pralinen für Abhi", verkündet der Starbucks-Mitarbeiter. Prachi sagt "Ich werde es bekommen" und sammelt sie ein. Ali sagt: "Es tut mir leid, dass ich neulich Abend ein wenig über Bord gegangen bin, als du, Tammy und ich dachten, du hättest das Gefühl, dass ich Prachi nicht verdiene. Keine harten Gefühle jetzt. Prachi rief mich an, nachdem er Ihre Aufnahme gehört hatte, und jetzt sind wir cool und geklärt." Prachi holt die Getränke.

"Ein Toast ohne Alkohol. Das ist neu für mich", sagt Abhi, während er das Geschenk von Uday auspackt.„Ich nehme an, es gibt keine Altersgrenze, um neue Dinge zu erleben. Natürlich hält mich die moderne Technologie und die Art, wie ihr Kinder damit umgeht, immer noch in Atem, Fernsehen ist kein Luxus mehr, man kann ohne Google und all den Fortschritt und das Niveau nicht überleben - Oh, was ist das? Ein Matrosenjunge, der allein auf einer Insel sitzt?"

"Eine Metapher für dich ... Von deiner Wahl weggespült, auf einer einsamen Insel gestrandet, aber zufrieden und... " Abhi unterbricht Prachi "Weit weg von seinem Mutterschiff und genießt, was er um sich herum hat. Einverstanden. Die Familie verlässt dich nie. Mein Vater hat in den letzten 20 Jahren vor seinem Tod nicht mit mir gesprochen, sondern mir alles hinterlassen, was er in seinem Leben und seiner Mutter verdient hat... Ich sage dir das, wenn die Leute sagen, dass niemand außer deiner Karriere zu dir stehen wird, dann ist es eigentlich deine Mutter, die nie an deiner Seite geht. Ich liebe dich, Mama, und ich werde es immer tun. Jeder umarmt Abhi in einer Gruppe. "Oh, noch ein neues Zeug". Abhi reagiert und umarmt sie zurück.

****

www.ingramcontent.com/pod-product-compliance
Lightning Source LLC
LaVergne TN
LVHW041559070526
838199LV00046B/2055